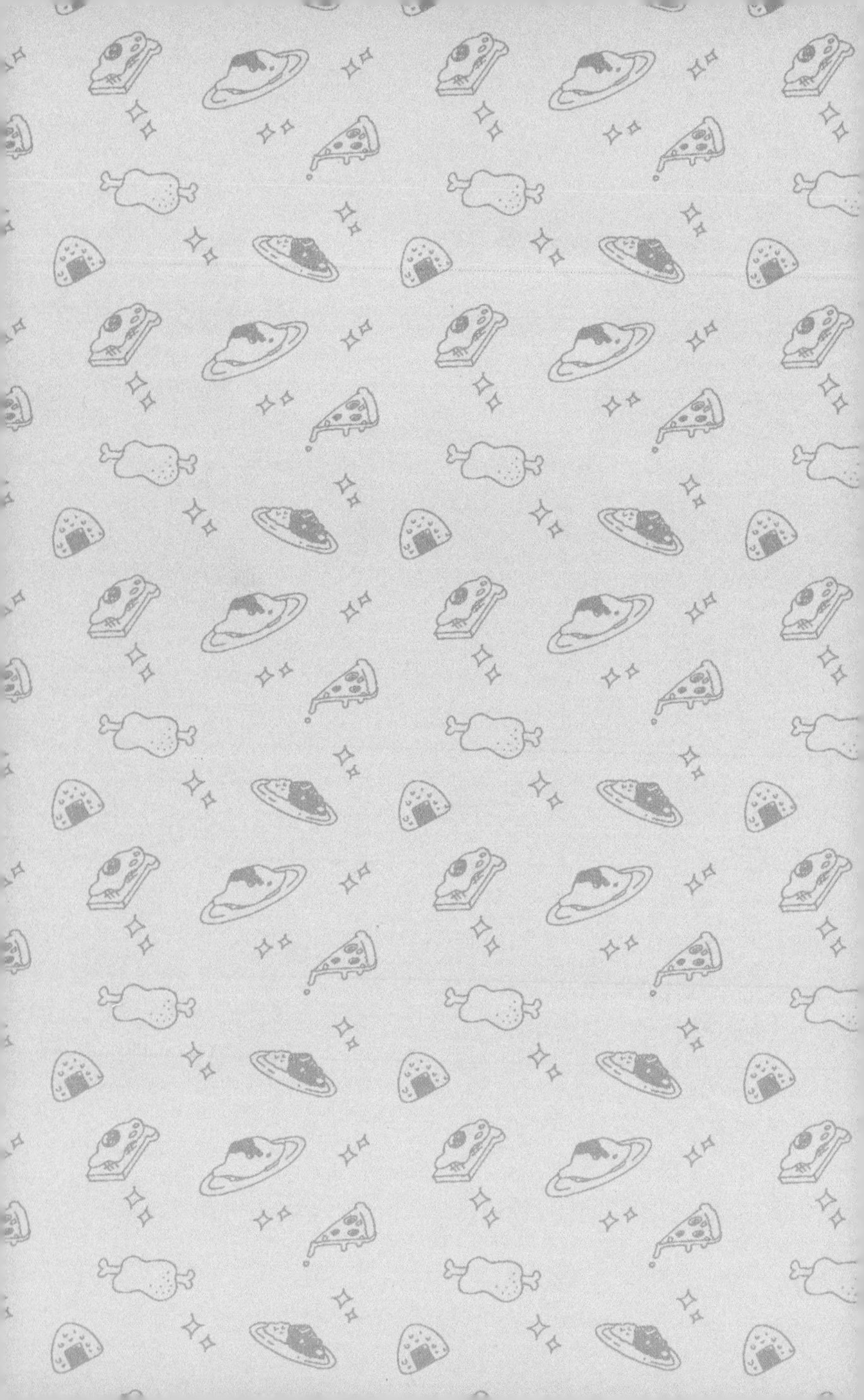

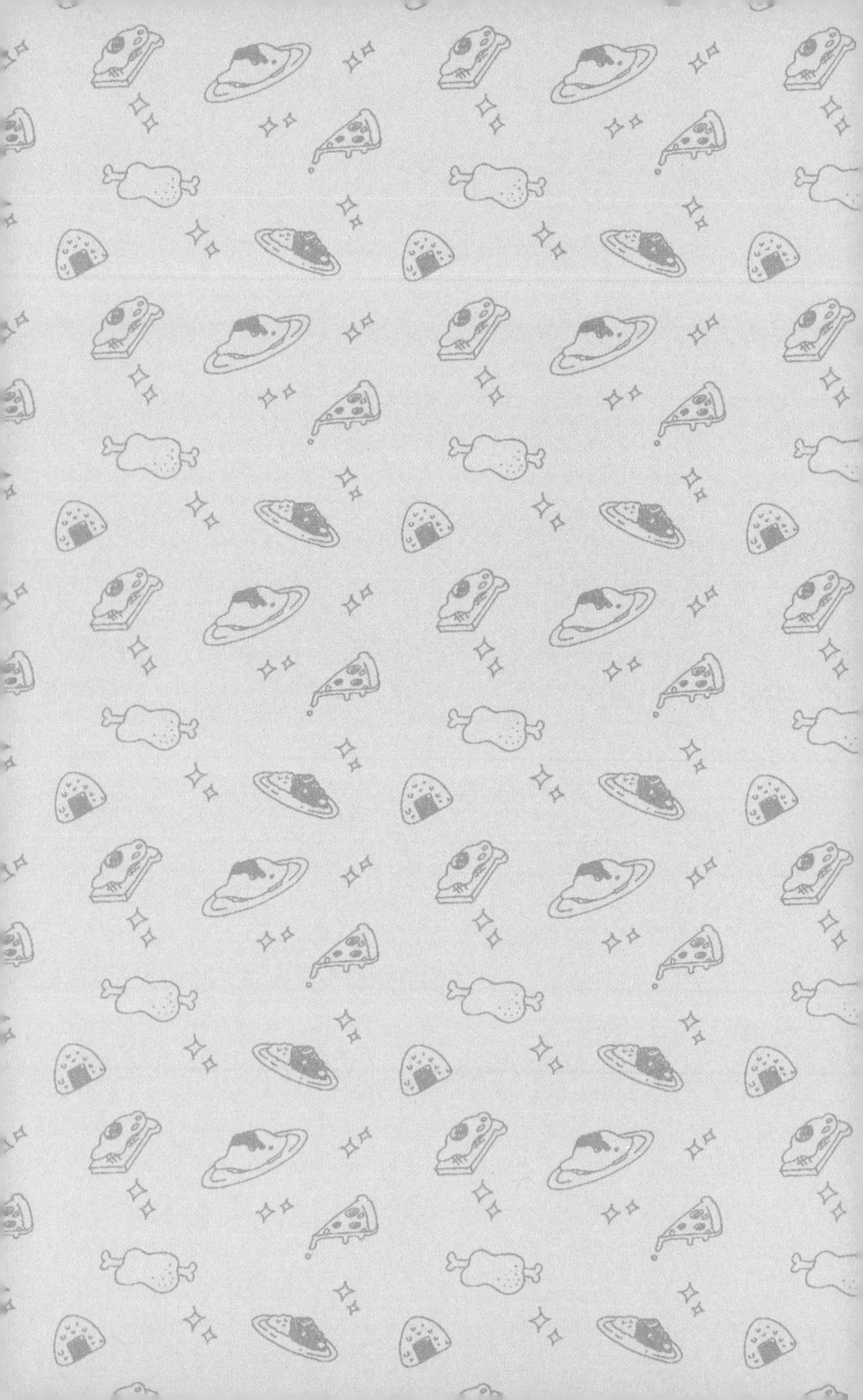

사예의 식이장애 일지

# 나는 식이장애 생존자입니다

사예 쓰고 윤성 그림

띠움

## 시작_
## 터널 속에 두고 온 이야기들

저는 오랫동안 식이장애를 겪었습니다.

그리고 강산이 바뀔 정도의 오랜 시간이 지나고서야, 드디어 식이장애로부터 살아남았다는 것을 알게 되었습니다.

살아남았다는 표현이 너무 거창하지 않느냐고 생각할 수도 있겠습니다. 하지만 식이장애는 먹는 행위에 직접 영향을 주는 만큼, 정신 건강은 물론 몸 건강도 해칠 수 있는 병입니다. 몸이 느끼는 고통만큼이나 실제 죽음으로 이어지는 경우도 많고요.

하루 종일 굶어서 배가 너무 고프거나 과하게 먹어서 배가 너무 불러 잠들지 못하는 밤이 올 때마다 저는 누구라도 좋으니 이 고통을 끝내달라며 빌고 또 빌었습니다.

그러나 날이 밝아도 고통은 사라지지 않았고 똑같이 반복될 뿐이었습니다. 또한 남은 삶을 내내 이런 고통 속에 보내야 한다는 절망감에 싸여 마치 끝이 없는 터널을 걷는 것 같다고 느꼈습니다.

하지만 끝이 보이지 않던 절망과 고통의 터널에도 출구는 있었습니다. 식이장애 전문 병원에 다니면서 식사치료와 상담치료를 받고, 하루하루를 '살아남다' 보니 식이장애로부터 벗어났다는 것을 알게 되었습니다. 그 과정은 지루했지만 식이장애에서 벗어나니 또 다른 세상이 보였습니다. 그러면서 삶에 대해 조금 더 생각해 볼 시간도 주어졌지요.

아직 삶이 무엇인지는 모르겠지만… 요즘 저는 종종 삶이라는 것은 살아남는 것의 연속이라는 생각을 하곤 합니다. 식이장애에서 살아남았지만 또한 우울증에서 살아남고 있는 지금의 제게, 절망의 구렁텅이에서 홀로 살아남고 있었던 과거의 저에게 그리고 또한 하루하루 식이장애로부터 살아남고 있는 누군가에게 조금이라도 위로와 희망이 되었으면 하는 마음으로 쓰고 그렸습니다.

이러한 저의 마음이 여러분의 살아남은 하루하루에 작게나마 힘이 되길 바라며, 저의 길고 길었던 터널 속 이야기를 시작하려 합니다.

## 프롤로그



모든 것의 시작은 이 말이었다.

말한 사람은 기억하지도 못할 그 말에,

눈을 떴을 땐 이미 컴컴한 어둠 속이었다.

그 어둠 속에서 나의 몸은
언젠가는 38kg 이었고,
또 언젠가는 72kg 이었다.

언젠가는
심하게 굶었고

언젠가는
배가 터지도록 먹었다.

그리고 언제나 울고 있었던 것 같다.

그 어둠 끝에도 다행히 빛은 있었지만,

그 터널을 벗어나는 덴 10년이나 걸렸다.
이제부터 그 10년간의 이야기를 해보려 합니다.

조금은 어두운 얘기지만
열심히 그려보겠습니다.

잘 부탁드려요.

## 차례

## Chapter 1 거식증

## Chapter 2 폭식증

## Chapter 3 치료

## Chapter 4 완치

kg 이상

# Chapter 1
# 거식증

## 1. 라면과 햇반

공부를 조금 하던 편이던 나는, 특수목적고 진학에 성공했다.

그리고 첫 번째 여름방학에는,
무려 러시아로 연수를 갔다!

너무 신이 났다.

하지만 러시아의 음식은 너무나도
느끼하고 달고, 입에 맞지 않았다.

다행히도 우리는 선배들의 조언에 따라

많은 햇반과 컵라면을 챙겨갔고,

식당 밥을 대충 먹고는 밤마다 친구들 방에 모여서
컵라면과 햇반을 까먹곤 했다.

... 그것이 마지막 즐거운 나날이었다.

한 달 만에 5kg가 쪄서 돌아왔지만,
별로 대수롭지않게 여겼었다.

그랬던 나를 기다리고 있었던 건,
걱정을 가장한 비웃음과

처참한 성적표였다.

그제야 정신이 번쩍 들었다.

나의 가치는...?

## 2. 밥

우선 성적을 위해서,
새벽 4시에 일어나기 시작했다.

예습, 복습, 문제풀이...

그리고 다이어트의 시작은,
밥을 반그릇으로 줄이는 것이었다.

그때, 나는 기숙사에 있어서
세끼 급식을 먹고 있었다.

다른 말로 하면, 아무도 내가
뭘 먹는지에 대해 신경쓰지 않았다.
밥을 다 먹으면, 바로 운동장에 나가
영단어를 외우며 운동장을 빠르게 걸었다.

그 당시의 나는, 나의 가치를 증명하고 싶었다.
내가 할 수 있다는 것을 증명하고 싶었다.

거기까지는 괜찮았던 것 같은데.

지금도, 가끔 그런 생각을 한다.

어디서부터가 시작이었을까?
어떻게 해야 거기까지만 할 수 있었을까?

지금에 와서도, 아무리 생각해도, 알 수가 없다.
...알 수가 없다.

## 3. 홍차

밥을 반그릇으로 줄이면서,
간식도 먹지 말자고 다짐했다.

그건 내 삶에서 간식이 얼마나 소중한 존재였는지를
재확인 시켜줄 뿐이었지만.

그러던 중, 친구의 권유로
홍차를 접하게 되었다.

TEA
=
DIET

차에 크게 관심은 없었지만
다이어트에 좋다니까…

처음 마신 과일향 홍차는 따뜻하면서도
은은하게 달콤한 과일 향기가 났고…

... 단맛이라곤 전혀 없어
엄청난 배신감이 들었다...
향을 음미하는 거라니까,
다이어트에 좋다니까...

하지만 그뿐 아니라 마시는 내내
왠지 모르게 손이 덜덜 떨렸고,
두근
두근
두근
그날 밤에는 도저히
잠을 이룰 수가 없었다...

보통이라면 다시는 마시지 않았을 테지만,
친구와 함께하며 차차 그 매력을 알게 되었고,

지금까지도 홍차와 그 친구는
내 일상의 훌륭한 버팀목으로 남아 있다.

그리고 지금의 나는 안다.

첫인상이 어쨌든 마음을 열고 다가가면
좋은 것은 언젠가 빛을 내게 되어 있고,

그 시절에도 오로지 나쁜 것만
있었던 건 아니라는 것을...

## 4. 아이스크림

간식을 먹지 않은 지 몇 주가 흘렀다.

어느 날 생필품을 사러 마트에 갔을 때,

내 눈에 띈 것은 31가지
골라먹는 아이스크림 매장이었다.

예전이었으면 밥을 다 먹고도
하나 정도는 뚝 해치웠던,
그런 아이스크림 말이다.

그리고 나는 무언가에 홀린 듯이
하나를 주문했다.

곧, 너무나도 예쁜 아이스크림이
내 손에 쥐어졌다.

매장을 몇 걸음 지나치기도 전에
아이스크림은 이미 사라져 버렸고,

그 빈 자리는 어느덧 두려움과
죄책감이 채우고 있었다.

아이스크림
이라니

살쩔 거야

넌 실패했어
이 실패자야

기숙사로 돌아온 나는 죄책감에
저녁을 굶으며 밤을 지새웠고,

당연히 밤새 아무 일도 없었지만,
아침이 올 때쯤엔 깨달았다.
'그렇구나, 먹고 싶은 걸
먹어도 괜찮은 거였어!
'... 밥 대신으로!'

## 5. 케이크

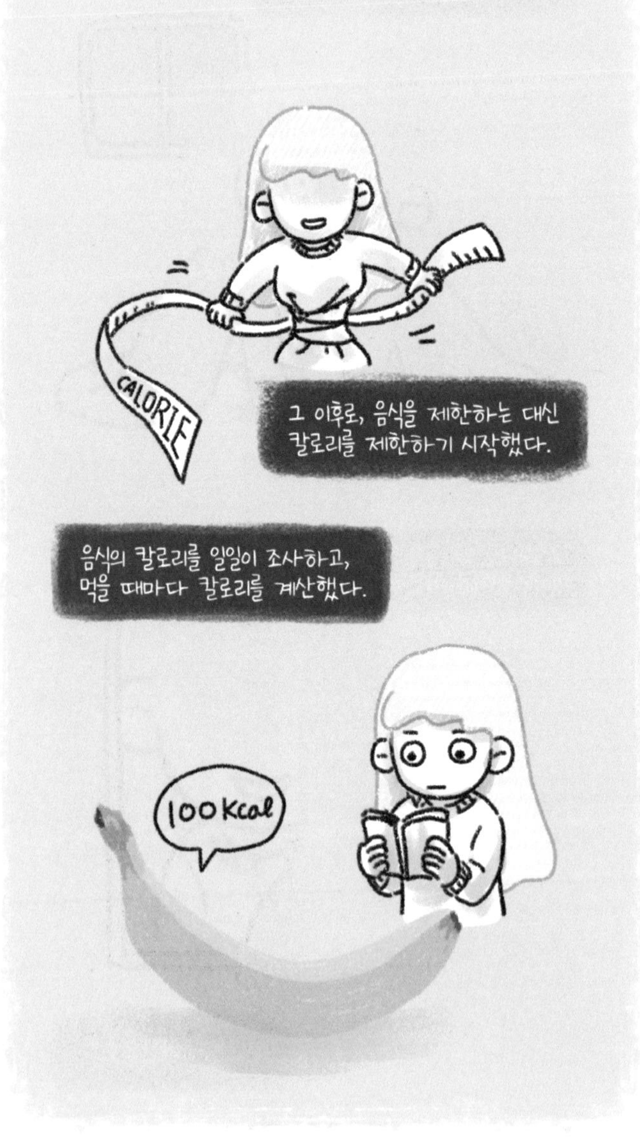
CALORIE
그 이후로, 음식을 제한하는 대신
칼로리를 제한하기 시작했다.
음식의 칼로리를 일일이 조사하고,
먹을 때마다 칼로리를 계산했다.
100Kcal

밥 한 그릇에 300 칼로리 (kcal)
케이크도 한 조각에 300 칼로리.
그래서 나는 케이크를
밥 대신 먹기 시작했다.

그리고 고픈 배는
홍차나 물로 채웠다.

그때쯤, 주변으로부터
'살 빠졌다'는 소리를 듣기 시작했다.
어, 너 요즘
살 좀 빠진 것 같다?
거봐,
살 빠지니까
예쁘잖아~

왜 그때는 그런 말에
기분이 좋았는지.
역시 그렇죠?
하하...
왜 그런 말들에
주도권을 줘버렸는지.
너 살 빠지니까
좀 이쁘다??
너 여자
아니었으면~
성적이...
공부가...

심지어는 지금도...
그런 말들에서 자유롭지 못함에.
연봉은??
아기는?
요즘
살 좀 쪘네?
야 좀
복스럽게
먹어라

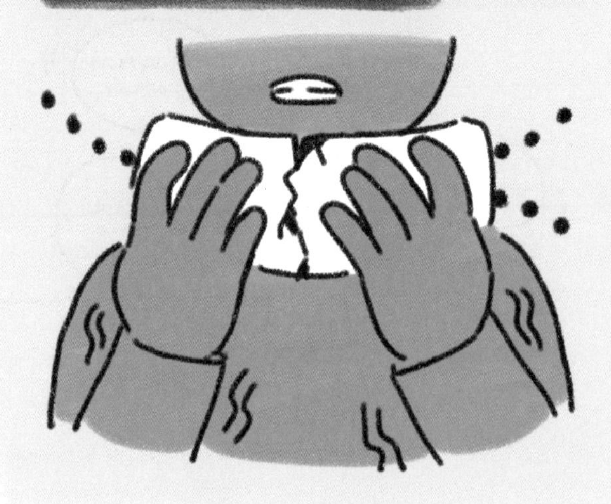
그래도 이제는 벗어나야 할 때임을,
벗어나려고 노력해야 할 때임을 안다.

## 6. 시리얼

수요일 아침에는 밥 대신 빵이,
국 대신 시리얼이 나오곤 했다.

차마 둘 다 먹을 수는 없어,
시리얼을 따로 챙기곤 했다.

그 무렵에는 항상 배가 고팠고,
시간만 나면 맛있는 음식을 생각했다.

그러니 우연히 발견한 음식 블로그에
빠져든 건, 결코 우연은 아니었으리라.

상상이 아닌, 사진이 주는
대리만족은 상당했다.
하지만 사실 그것은 목이 마르다고
바닷물을 마시는 것과 다를 바 없었다.
결국 끝은 배고픔이었으니까.

그래서 배가 너무 고플 땐,
시리얼을 하나씩 입에 넣었다.

시리얼이 마치 그 음식인 양...

무엇이 쌓였을까,
그 소모적인 행위에선...

지금의 나에게, 그 시간은
무엇으로 남아 있을까.

그것이 무엇이든, 그때는 그렇게라도
하지 않았다면 견디지 못했겠지.

## 7. 캔커피와 물

어느 순간부터, 더 이상 배고픔이
물과 홍차만으로는 채워지지 않았다.
몸이 절실히 칼로리를 원했지만
자판기 앞으로 가기까지는
수십 번도 넘는 고민이 필요했고,

그나마도 자판기 캔커피에
물을 타서 마시는 것이 내게
간신히 허락된 칼로리였다.

그저 밍밍한 커피일 뿐이었지만
혀끝에 조금이라도 설탕이 느껴지면

그 순간순간마다 팔에, 배에
살이 찌는 듯한 느낌이 들었다.

팔과 배에 벌레가 꿈틀대는 느낌.

그 느낌이 너무 싫고 무서워 뭔가를 먹으면
바로 배를 움켜쥐거나 팔을 주물렀다.

그렇게 한 학기가 지나고,
내가 이뤄낸 것은 전보다
나아졌는지 모르겠는 성적표와

... 48kg 정도 되는 몸무게였다.

적어도 몸무게는, 성공한 걸까?

그리고 무슨 일이 기다리는지 모른 채,
방학을 맞아 집으로 향했다.

## 8. 뷔페와 토마토

살이 10kg 이상 빠져 온 딸을
본 부모님은 깜짝 놀랐고,

부모님 눈에 뼈만 남은 딸이
먹고 싶은 건 다 사주려고 했다.

다양한 자극을 원했던 나는
뷔페에 가고 싶어 했고,

그래서 부모님은 방학 내내
무리를 해서 나를 뷔페에 데려갔다.

하지만 동시에 뷔페에 가면
살이 찔 것을 두려워했던 나는,

뷔페에 가기 전에 커다란 토마토를
몇 개씩이나 먹어치웠다.

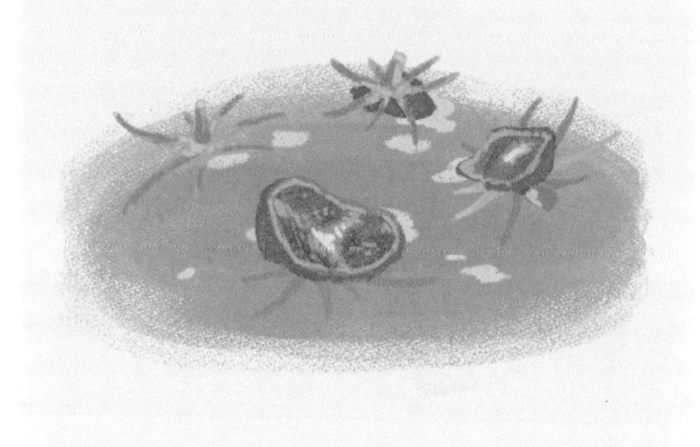

그리고 뷔페에 가서는 모든 음식을 한입씩만 먹고 태연한 얼굴로 배가 부르다고 했다.

그것은 분명 스스로와 부모님에 대한 기만이었다...

... 그걸 너무 늦게 알게 되었지만...
지금 생각하면,
그저 죄송할 뿐이다.
너무나, 죄송해요...

## 9. 단호박

양뿐만 아니라 음식의 종류도 제한했다.

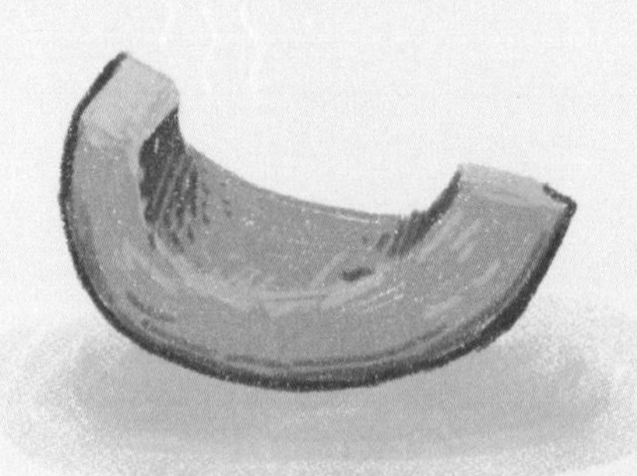

단호박이 다이어트에 좋대서, 그걸 사서 쪄 달랬다.

먹음직한 단호박을 보면
한번에 다 먹지 않을까
하는 두려움이 밀려왔고,
그럴 때면 스테이크 썰듯이 단호박을
나이프로 작게 작게 잘랐다.

나는 우아하게 먹고 있다고,
나는 괜찮다고.

그렇게 스스로를 속이며
단호박 조각을 씹었다.

그 무렵에는 팔이 가늘어져,
한 줌에 팔을 잡을 수 있을 정도였다.

콤플렉스였던 다리도
두 손으로 잡을 수 있는
정도가 되었고,

그 당시에는 그것이 기쁨이자 불안이어서,
자다가도 일어나서 확인을 할 정도였다.

과연 무엇이 기쁨이고,
무엇이 불안이었을까.

지금도 가끔 무의식적으로 팔뚝을 잡곤 한다.
... 당연히, 한 손에 다 잡히지 않는다.

그럴 때마다 한 줌에 갇혀 있던 팔뚝과
그걸 자랑스럽게 생각했던 나를 떠올리며

씁쓸하게 미소 짓게 되는 것이다.

## 10. 피임약

큰 병이면 어쩌지?
임신을 못하는 거면...?
40kg 언저리의 언젠가부터 생리가 오지 않았다. 성 경험은 없었지만 겁이 났고,
그 사실을 알게 된 엄마 손에 이끌려 처음으로 산부인과에 가게 되었다.
산부

평생 그때만큼 단호한 엄마의 표정은
본 적이 없었고, 화가 나신 것 같아
무섭기도 해서 조용히 따라갔다.
산부인과 선생님은 갑자기 몸무게가
줄어서 그런 거라며, 억지로라도
생리를 해야 한다고 말씀하셨다.
크게 문제는 없는 거지요?
네 피임약 처방해 드릴게요~

그렇게 인생 첫 피임약을 처방받았고,
21일치의 알약이 내 손에 쥐어졌다.

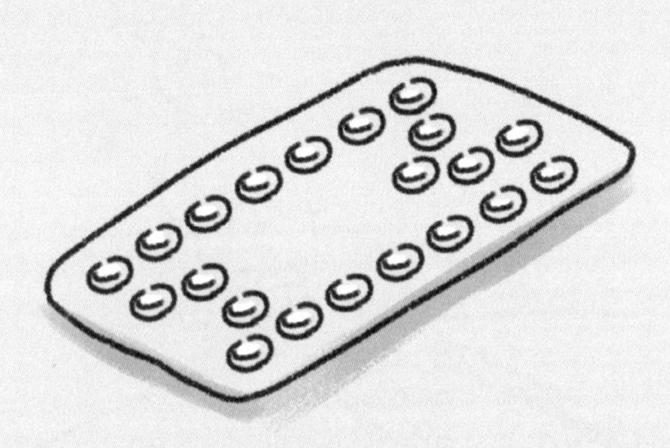

하지만... 그나마도 여성 호르몬이
살을 찌게 할 것이라는 생각에
몇 달 먹지도 않고 그만두었다.

엄마의 단호한 얼굴이 아른거렸지만,
그 당시에는 살이 찌는 게 더 무서웠다.

지금은 안다. 엄마의 단호한 표정은, 사실
불안감과 걱정을 감추기 위한 것이었단 걸.

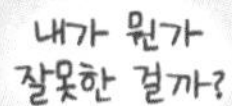

왜 그런 건, 시간이 너무 많이
지나고 나서야 알게 되는 걸까요…

엄마, 죄송해요… 사랑해요.

## 11. 검은콩

어느 날부터 샤워를 할 때
머리카락이 한 줌씩 빠지기 시작했다.

급기야는 눈에 띌 정도로
머리숱이 줄어들었다.

다이어트로 인한 탈모였다.

부모님은 학교에 돌아오기 전,
검은콩을 볶아서 챙겨주셨다.

잘 챙겨먹으란 말과 함께.

그렇게 학교로 돌아왔고,
나와 검은콩만이 남았다.

하지만 나는 검은콩을 보고 있으면,
알 수 없는 두려움이 치솟아올랐다.

수많은 검은콩들, 그것들이 결코
하나로 끝나지 않을 것 같은 느낌...

한번에 모두, 게걸스럽게
먹어치워 버릴 것만 같은 느낌.

그러면 그 검은콩들이 모두
나에게 달라붙어서
살이 될 것만 같았다.

그런 생각들에 괴로웠던 나는, 결국
검은콩을 통째로 쓰레기통에 버렸다.

하지만, 쓰레기통에 버려진 건
단지 검은콩이 아니라 부모님의
사랑과 걱정이었을 것이다...

## 12. 사탕

그 무렵쯤에는 앉았을 때 골반뼈가 바닥에 닿아 아프기 시작했다.

담임선생님께 가면, 걱정스럽단 표정으로 자리에 있던 사탕을 꼭 쥐여주셨다.

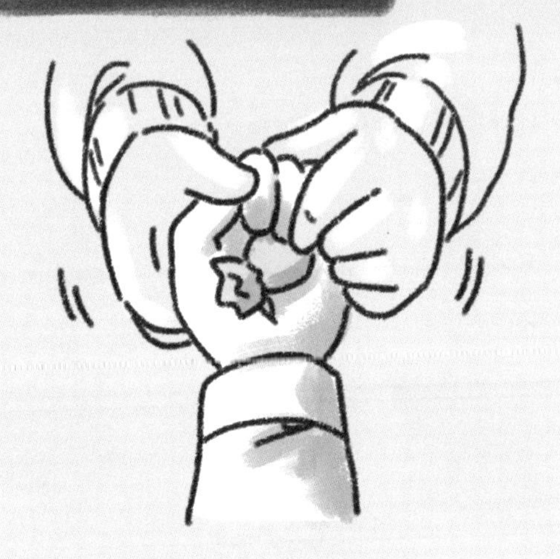

내가 마치 사탕처럼,
떨어뜨리면 깨지기라도 할 마냥...

사실 그 무렵에는 모두가 내가
깨지기라도 할 마냥 조심스럽게 굴었다.

하지만 나는 오히려
자랑스러워 했다.

어느 날, 헌혈 포스터를
보기 전까지는...
헌혈
사랑을 나누세요

헌혈을 하려면 45kg이
넘어야 한단다.

즉, 나는 헌혈을 하지 못한다.

그제서야 유리에 비친
내 모습이 보였다.

이쯤이면 된 걸까?
이게 내가 바랐던 것일까?

드디어 목표에 가까워졌는데,
점점 잘못 되어가는 이 느낌은 뭐지?

## 자기 통제와 자제력

종종 거식증은 과도한 다이어트일 뿐이고, 폭식증은 실패한 다이어트라고 생각하는 사람들도 있습니다. 만약 그렇다면, 왜 많은 거식증 환자들은 뼈가 보일 때까지 살을 빼고도 거기서 멈추지 않고 더욱 살을 빼고 싶어할까요? 왜 많은 폭식증 환자들은 폭식 후에 죄책감을 느끼고 더 나아가 자신을 비난하기까지 하는 걸까요?

저는 그 답이 자기 통제와 자제력에 있다고 생각합니다. 현대 사회는 자기 통제와 자제력을 미덕처럼 여깁니다. 세상은 즐거움을 좇고 싶은 마음을 자제하고 생산적인 일을 위해 노력하면 가치 있는 것을 획득할 수 있다고 가르칩니다. 하지만 결국 모든 노력이 보상받는 것은 아니라는 사실을 알게 되죠.

저도 그랬습니다. 가성비 좋은 노력이 있다는 것을 알게 되었죠.

새벽에 일어나 공부를 해서 성적을 올리는 것보다, 한끼를 먹지 않고 살을 빼는 것의 결과가 더 달콤하다는 것을 깨달아버렸습니다. 그렇게 다이어트에 중독이 되었고, 몸무게가 줄어들면 자기관리를 잘하는 사람인 듯 느껴져 그 행위에 더욱 심취하게 되었습니다.

살을 빼는 것을 목표로 시작하지만, 점차 자신을 통제하는 것 자체가 목표로 변해가는 거죠. 그래서 거식증 환자들은 먹지 않는 것이나 운동으로 자신을 통제하고자 하고, 폭식증 환자들은 자신을 통제할 수 없이 먹게 되는 상황 자체를 두려워하는 게 아닌가 합니다.

결국 이런 마음은 통제할 수 없는 자신에 대한 불안에서 시작된다고 생각합니다. 그러나 삶에서 불안은 필연적 감정이며, 불안하다고 삶을 끝낼 수는 없기에 우리는 불안을 안고 생을 이어가야만 합니다. 이런 삶 안에서 몇은 고삐를 느슨하게 풀고 몇은 더 강하게 자신을 압박하며 또 몇은 자제력을 잃고 헤맬 것입니다. 그 모든 것이 바로 우리의 모습이겠지요.

이런 우리 자신을 조금 더 너그러운 시선으로 바라보고, 불안과 함께하는 삶을 그대로 받아들이는 것. 그것이 우리가 할 수 있는 최선이 아닐까 생각해 봅니다.

# Chapter 2
# 폭식증

13. 치킨
먹어도 돼!
살 좀
쪄야지~
이대로면
안된다며?
그 이후로, 잊을 만하면
어디선가 목소리가 들려왔다.
그럴 때마다 머릿속에 선명해졌던 건,
그동안 피해왔던 바삭바삭한 튀김이었다.
- 치킨!

정신을 차렸을 땐 이미 치킨을 시켰고,
치킨 한 마리가 손에 들려 있었다.

혹시나 누가 볼세라 황급히
교실 건물로 숨어들었고,

주말이어서 교실은 텅텅
비어 있었지만, 그중에서도
가장 구석자리에 앉았다.
첫입엔 마치 성공이라도 맛본 듯,
들뜨고 설렌 기분을 감출 수 없었다.

하지만 이윽고 죄책감이 몰아닥쳤다.

그래서 그때부터는... 닭의
껍질만 떼어 먹기 시작했다.

정신을 차려보니
손과 얼굴에 닭껍질과
기름이 잔뜩 묻어 있었고,

상자에는 닭의 살과
뼈만 남아 있었다.

지금 나...
뭐 하고 있는 거지?

## 14. 소보로빵

치킨껍질 다음은, 빵이었다.
소보로빵 위의 바삭한 부분.

빵을 구하려면 외출증을 끊고
밖으로 나가야 했고,

소보로빵을 잔뜩 사서,

오늘은 두 개만 먹으리라 하며
공원 구석 벤치에 앉았다.

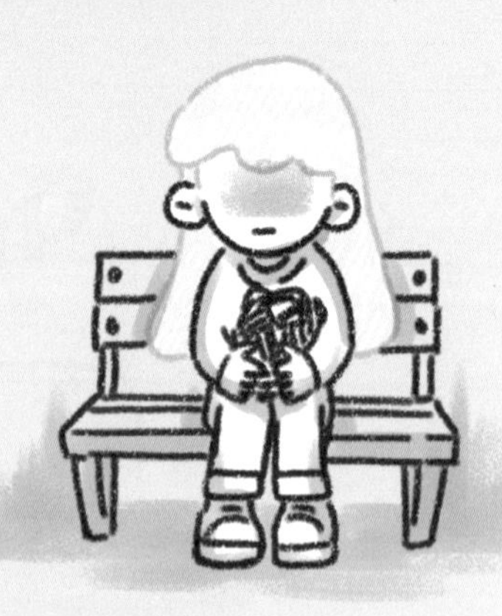

껍질 부분만 먹으면 살이 덜 찌지 않을까?

처음에는 얌전히 손으로 뜯어먹다가,

점차 마음이 급해지면
입으로 마구 베어물었다.

그러다 문득 정신이 들어
주위를 둘러보면...

다들 밝게 웃고 돌아다니는데,
구석에서 게걸스럽게 빵의
껍질을 먹는 내가 보였다.

그 많은 빵을 먹어버린 나… 그런
내가 괴물이 된 것처럼 느껴졌다.

이 괴물은, 대체 어디에서 온 거지?
어떻게 해야 없애버릴 수 있지?

## 15. 껌

살이 좀 붙었네?
그 무렵부터, 사람들에게 이런 말을 듣기 시작했다.
사실 그 말의 의미가 어떠했든...
것 봐.
넌 안된다니깐.
실패했네, 역시
... 라는 말로 들렸지만...

그럴수록 나는, 내 식욕을
억누르는 것 말고는 더 이상
할 수 있는 게 없었다.

칼로리를 적게, 더 적게...

밥을 거의 먹지 않거나 굶었지만,
그래도 배가 너무너무 고파지면…

… 껌을 꺼냈다.

껌의 단맛이라도 느끼고
싶어서, 입 안 가득 껌을
씹었다.

정신없이 씹다 보면 턱이 아팠지만
멈출 수 없어서, 울면서 껌을 씹었다.

울면서 생각했다.
나는, 절대로 실패하지 않을 거야.
보란 듯이, 성공할 거야...
그렇게 이를 악물며
시간을 보내곤 했다.

## 16. 곤약

살이 찌고 식욕을 주체할 수 없게 되자, 그때부턴 많이 먹어도 살이 찌지 않는 초저칼로리 음식을 찾았다.

그러다 알게 된 것이 바로 곤약이었는데,

당시의 나에게는 한 줄기 빛과 같았다.

떡볶이 골목에서
쉽게 구할 수 있었고,

탱글
탱글

소스 맛이나마 느낄 수 있는
다이어트 음식이었으니까.

그날도 밀려오는 식욕에
곤약을 꾸역꾸역 먹고 있었다.

'그 괴물'이 나오려던 찰나-
저기요.
아주머니는 뭔가 묻는 대신,
서비스에요.
내 접시에 계란을 하나
무심하게 올려주셨다.

그 무심한 배려에
왜 눈물이 나던지.

그리고 그 와중에도
계란의 칼로리를 계산하는
내가 너무 부끄러워서...

감사하단 말도 못한 채
울면서 계란을 먹었고,

다행히도, 그날은 더 이상
폭식을 하지 않았다.

아직도 그 기억은, 나에게
따뜻함으로 남아 있다.

그런 기억도-
있는 법이라고.

# 17. 양념치킨

오랜만에, 집에 왔다.
부모님은 조금 살찐 모습에
약간은 안심하셨지만...
거기에 신경 쓸 겨를도 없이
- 또 치킨이 먹고 싶었고
먹으라구!!!
집에서까지
이래야겠어?
먹고 싶지?
먹으면
안돼!!
그 유혹을 뿌리치기가
너무 힘이 들었다.

결국 부모님이 집을
비우신 사이에...
거기... 치킨집이죠?
... 양념치킨을
한 마리 시켰다.

모든 게 끝나자마자,
이 생각부터 들었다.

부모님께 들키면…
들키면 안돼…!!

별 하나 없는 밤에 바람이 거셌고,
왠지 서러운 마음에 눈물이 솟았다.

어렸고, 어찌할 줄
몰랐던 나는....

결국 옥상 한편에
검은 봉지를 두고
뛰어 내려왔다.

... 그 검은 봉지는 과연
누가 발견했을까.
그게 누구든...
지금은 그저 죄송하고,
부끄러울 뿐이다...

## 18. 수제쿠키

쿠키를 만들면 재료에 질려
쿠키를 먹고 싶은 생각이
사라진다는 얘기를 들었다.

그래서 집에 갈 때마다
쿠키를 굽기 시작했다.

버터, 설탕, 밀가루,
그리고 오랜 시간...

구운 쿠키는 맛조차 보지 않고
고스란히 친구들에게 주었고,
친구들이 쿠키를 먹는 모습을
보면서 대리만족 삼곤 했다.
너는 안 먹어?
응, 나는 만들면서
실컷 먹었거든 ㅎㅎ;;

그날은, 새로운 레시피에
도전하는 중이었다.

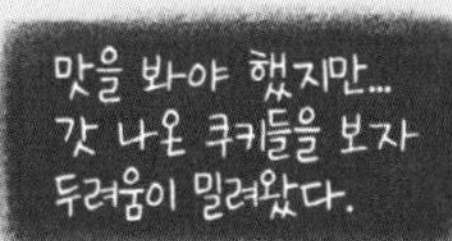

결국 조금만 떼어서
입에 넣었다가...

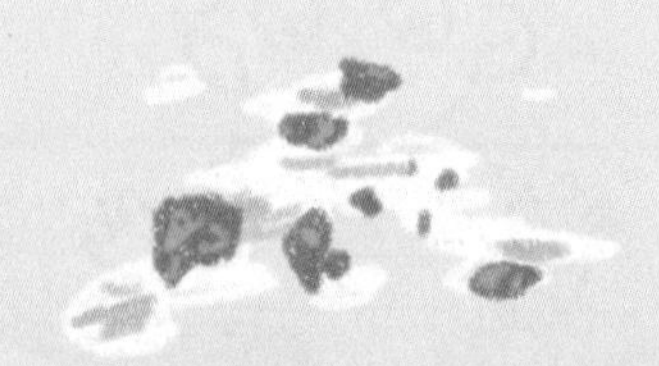
차마 쿠키를 삼키지
못하고 뱉어버렸다.

물과 함께 흘려 보내면서,
'그래도 살은 찌지 않겠네'
하고 생각했다.

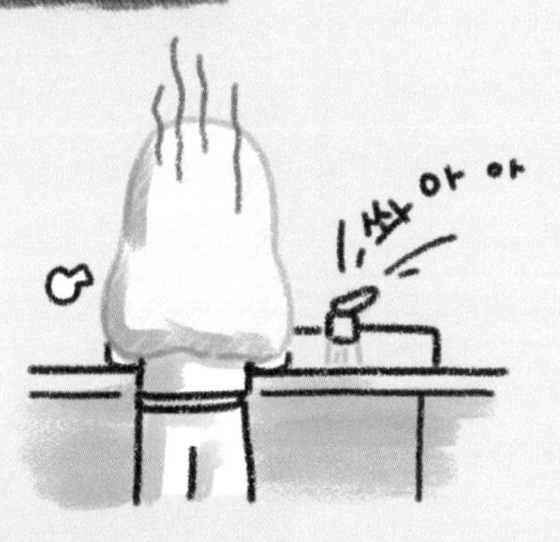


그런 생각은
하지 말았어야 했는데...

## 19. 아이스크림 샌드

정신을 차리고 나니, 음식을
씹고 뱉는 일에 중독되어 있었다.
씹고 맛보지만 살은
찌지 않을 거란 생각에,

그래도 폭식을 하는 건
아니라는 거짓 희망에…

뭔가 먹고 싶어지면
모자를 눌러쓰고 나가서
동네를 돌며 빵과 과자를
잔뜩 사서 봉지에 넣었다.
그리고 아파트 계단에서
씹고 뱉는 행위를 반복했고,
그러면서도 폭식보다는
낫다고 스스로를 위로했다.

어느 날은 아이스크림이
너무나 먹고 싶었다.

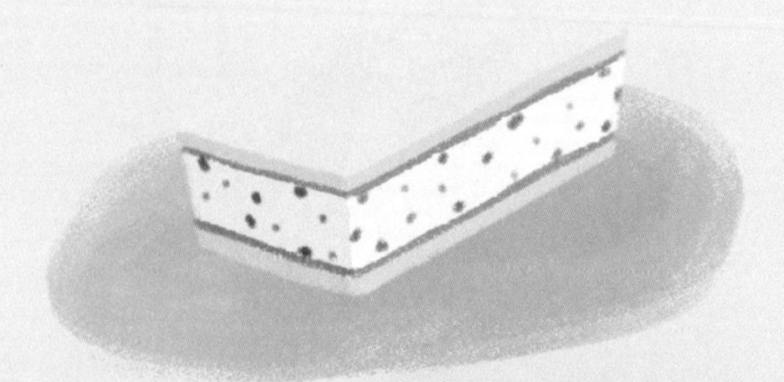

그, 아이스크림 샌드 말이다.

얼마 후, 아파트 계단에
자리를 잡았고

그때까지는...
여느 때와 같았다.

그때 내가 간과한 것은,
아이스크림은 빵과 과자와는
전혀 다르다는 것이었다.

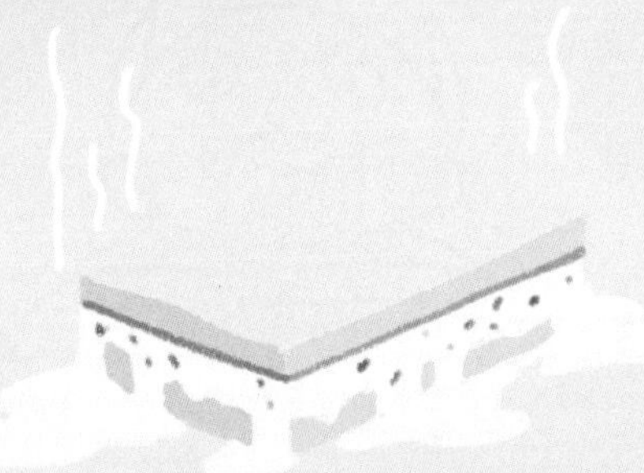

고체보다는, 액체에
가깝다는 것을.

입가를 타고 아이스크림
녹은 물이 흘러내렸고,

미처 다 뱉지 못한 아이스크림이
목 뒤로 넘어가는 게 느껴졌다.

그제야 깨달았다.
내가 뭘 하고 있는 건지.

그 이후로 썹뱉을
한 적은 없었다.
그건 참으로...
다행인 일이었다.

20. 피자(1)
그 당시 나는 학교로부터
너무나도 도망치고 싶었고,
그럴 때마다 엄마에게
전화를 걸어 울곤 했다.

걱정이 된 엄마는 달에
한 번은 시간을 내어

딸을 보러 지방까지
내려왔다.

엄마가 오면 당연하단 듯이
비싼 브랜드 피자를 시켰고...

(당시에 피자는 비싸고 혼자 시키기 어려웠다)

그중에서 한 조각만 먹어
또 엄마를 걱정시켰다.

더 먹지 않고...

다 먹었어~

그나마 엄마와 함께 있으면
식욕을 참아낼 수 있었기 때문에...

엄마 자주 올게.
조금만 힘내봐.

아이처럼 엄마의
손을 꼭 붙들고...

괴물이 이대로 영영
오지 않기를 기도했다.

엄마와 단둘이 있을 때,
잠시나마 나는 공주였고

엄마에게 어리광을 부리며
사랑받고 있으면, 모든 걸
잊을 수 있었다.

하지만 그 시간도 잠시뿐.
피자만을 남겨둔 채
엄마는 떠나갔고…

… 결국 홀로 남았다.

## 21. 피자(2)

엄마가 돌아가고 나면
식욕이 터져나와, 남은 피자를
한 번에 먹어치우곤 했다.
기숙사에서 사람들을
피할 곳을 찾다가
끝내 찾아낸 곳은...
... 화장실이었다.

인적이 드문 구석진 화장실에서
게걸스럽게 피자를 먹는 사람,
그 사람이 바로 나였다.

그러다 갑자기 발소리가
들려왔고, 그 발소리는
점점 가까워졌다.

저벅-
저벅-

그 소리에 정신이 들었지만,
입을 멈추고 숨을 죽이는 게
내가 할 수 있는 전부였다.

옆 칸에서 나는 소리와 냄새,
그리고 입 안 가득한 음식에
헛구역질이 밀려오는 듯 했다.

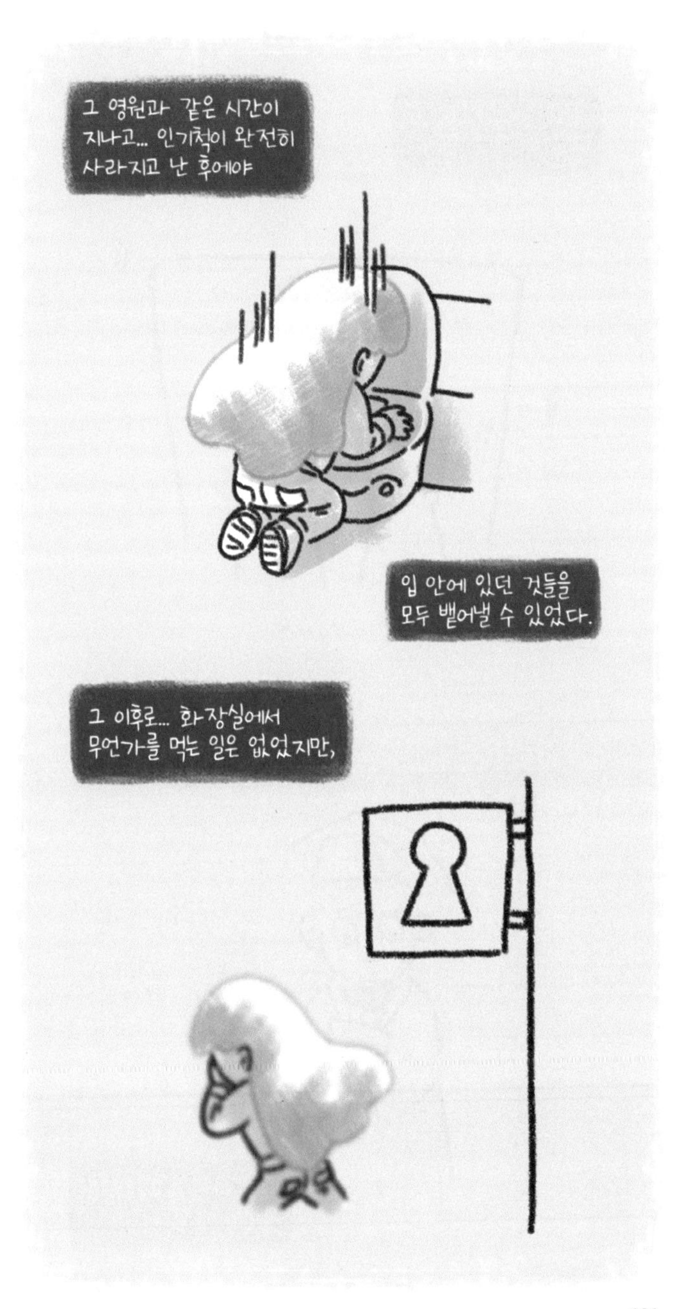
그 영원과 같은 시간이
지나고... 인기척이 완전히
사라지고 난 후에야
입 안에 있던 것들을
모두 뱉어낼 수 있었다.
그 이후로... 화장실에서
무언가를 먹는 일은 없었지만,

폭식은 계속되었고,
그렇게 시간은 흘러...
68
졸업을 축하합
나는 마침내 고등학교를
졸업하게 된다.

## 22. 과자(1)

No!!
고등학교 때의 기억 때문에
더 이상 기숙사는 싫었고,
부모님은 고집 부리는 날 위해
조금은 무리해서 자취방을
마련해 주셨다.

첫 자취에 기분이 좋았고
건강에 좋은 음식을 만들어
먹으려고 노력했다.

뭔가 잘 되어가는 것
같았지만, 그런 날은
오래가지 않았고

얼마 지나지 않아,
자취방에서 폭식을
하기 시작했다.
내가 사는 동네는
원룸촌이었고,
건물 건너 하나씩
편의점이 있었다.

한 편의점에서 많이 사면
이상하게 생각할까 봐,

여러 개 편의점을 돌며
조금씩 과자를 사 모았다.

처음에는 다양한 과자를
예쁘게 담아서 조금씩만
먹어야지 하며 시작했지만

그게 될 리가 없었고,

자취방에서 나는
고삐가 풀린 것마냥
과자를 먹었다...

## 23. 과자(2)

정신을 차리고 나니, 텅 빈
과자 봉지들만 남아 있었다.

간만의 폭식에 두려운 느낌과
더부룩한 기분 나쁨이 몰려왔고,

어디선가 유혹의 목소리가
들려왔다.
게워… 낼까?
리셋할 수 있어
토하면 살이 안찐대
없었던 일이
될 수 있어

그래
어서 게워내
하는 거야

우웨~엑!!
커억… 컥!!

그런데 왜일까?
헛구역질은 나왔지만,
끝까지 갈 수 없었다.
나는 왜 이것조차
제대로 해낼 수 없을까.

과연 이 짠맛은
손가락의 맛일까,
눈물의 맛일까...

그래도 다행이라면,
이후엔 아무리 배가 불러도

폭토를 시도하려 하진
않았다는 점이다....

## 24. 식욕억제제

당시 리덕틸은 비만치료제란
명목으로, 내과에서도 쉽게
처방 받을 수 있었다.

식욕이 억제되는 기분은...
하늘을 나는 듯했다.

약효가 도는 동안은 자유를
찾고, 스스로가 되는 느낌...

하지만 그건 배고픔이
사라진 게 아니라,

배고픔을 잠시 벽으로
막아둔 것뿐이었다.

잠시 막아뒀던 배고픔은
더 큰 배고픔이 되어서
나를 찾아왔고,
약효가 떨어지는 순간이
언제인지와 상관없이 -
- 다시 폭식이 시작됐다.

그리고 약효가 떨어지는
순간이 더 자주, 더 빨리
찾아오기 시작했다.
그러면 안된다는 걸 알면서도,
약을 점점 늘려나갔다.
한 번에 두 알, 세 알...

그 약들이 점점 쌓여갔다면,
과연 나는 어떻게 되었을까?

이 약이 판매금지가
되지 않았더라면...
* 뇌졸중, 심장발작 등
심각한 심혈관계 부작용을
이유로 시판 중단
... 나는 어떻게 되었을까.

## 25. 순대국

그날도, 폭식을 하고
굶으며 밤을 지새다

24시간 순대국

배가 고파 24시간
순대국밥집에 갔었다.

이른 새벽에도 빛나는 모텔촌을
바라보며 순대국밥을 기다리는 나.

XX

... 거기까지는 평범한
폭식 후 풍경이었다.

나온 순대국밥을
한 숟갈 뜨려다 -

내가 본 건 그쪽에서
걸어오던 그 남자아이 -

- 그리고 아마도
그의 여자친구.

같은 새벽에,
행복한 그들과...

폭식을 하고 나서
순대국밥을 먹는 나.

그나마도 밥은 먹지 않겠다며
순대만 건져먹는 나의 모습이...

너무 초라하고...
비참해서.

그렇게, 짧은 짝사랑이 끝났다.

## 26. 칵테일 '동해'

그 이후로 한동안
열이 나고 아팠다.

그리고 아픈 게 가셨을
땐, 첫 대학 축제의
마지막 날이었다.

하루종일 먹은 게 없으니,
한 잔쯤은 괜찮겠지.
응, 그러자ㅎㅎ
난생 처음 가 본
칵테일바에서
이름도 예쁜 '동해'
칵테일을 시켰고,

신나서 칵테일 한 잔을
원샷해버리고 말았다.

칵테일을 마시고 나니
세상이 빙빙 돌았지만

이상하리만치 똑바로
보이는 것도 있었다.

그건 새로운 환경에서도
여전한 폭식과…

그리고 여전히
형편없는 성적표.

변한 게 없다는 생각에,
또 실패했다는 생각에...

그렇게 나는 도망치듯
휴학계를 내버리고 말았다.

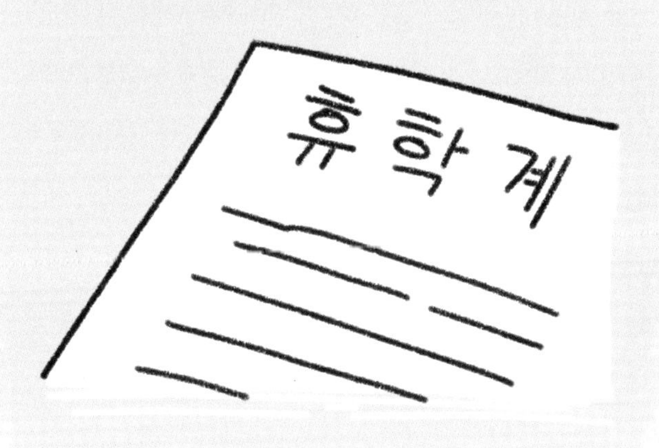

## 전문가를 찾으세요

'식이장애인 것 같아요. 나으려면 어떻게 하면 좋을까요?'

메시지나 메일 등으로 가장 많이 받는 질문입니다. 조심스레 고백하자면 저는 식이장애를 겪고 이겨낸 사람은 맞지만 식이장애 전문가는 아니기 때문에 제가 할 수 있는 말은 늘 똑같았습니다.

'전문가를 찾으세요.'

이 대답에 만족하는 사람은 별로 없었습니다. 저조차 이 대답이 만족스럽지 않았습니다. 심지어 이렇게밖에 대답할 수 없는 자신에게 자괴감을 느낄 때도 있었습니다. 이렇게 답을 하는 것이 맞을까 수없이 고민하는 나날을 보냈습니다.

하지만 지금은 분명히 제가 할 수 있는 일과 없는 일을 압니다. 저는 식이장애 경험을 나누고 사람들의 이야기를 듣거나 공감할 수는 있지만, 식이장애를 낫게 할 수는 없습니다. 그 둘은 다른 영역의 일임을 이제는 알고 있습니다. 그래서 요즘도 이렇게 답합니다.

'전문가를 찾으세요. 식이장애 전문 병원이나 식이장애 전문 상담사면 가장 좋고, 일단 주변의 정신과나 상담사분들을 찾아보는 것도 좋겠습니다.'

얼마나 절박하고 절실한지 얼마나 괴로운 날을 힘겹게 이겨내고 있는지 너무나도 잘 알기에 이것이 최선인 답이라 생각합니다. 거침없어 보이는 글귀지만 사실 키보드를 두드리는 손가락은 굉장히 조심스럽습니다. 어렵게 꺼낸 고민에 시원한 답을 하지 못해 마음이 무겁기도 합니다. 하지만 어설픈 조언이 오히려 해가 될까 걱정되어 마음을 잡습니다.

이 말을 건네는 뒤편에는 나아지길 바라는 진심 어린 마음과 꽤 긴 시간의 머뭇거림이 있다는 것을… 제게 고민을 털어놔주신 분들께 조금이라도 가 닿았으면 좋겠다고 생각하는 요즘입니다.

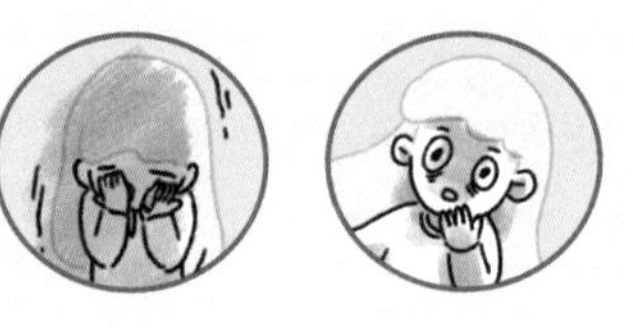

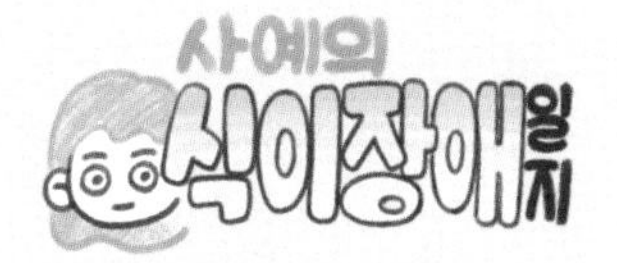

# Chapter 3
# 치료

27. 한약

휴학 후 식이장애 병원을
찾아보기 시작했지만
정신과는 너무 무서웠고,

결국 부모님 몰래
찾은 곳은

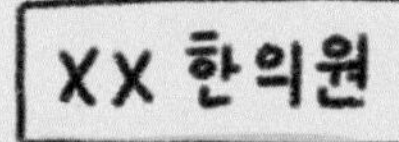

집에서 한 시간 거리의
한의원이었다.

거기선 난생 처음으로
인바디란 걸 재 보았고

드디어 뭔가 시작되나
싶어 두근두근했다.

그렇게 만난 선생님은...

살을 좀 빼셔야
겠네요!
"롸?!"
이게… 식이장애 치료?
한약 이외에는
밥 같은건 드시면 안되다요~
침을 맞으면 효과는
더더욱 좋아 집니다~

... 어찌 되었든, 내가 감당할 수 있는 돈도 아니었다.

나오는 길은 슬프고,
화가 나고, 비참했다.

적어도 이건,
아니라고...

한 시간 동안 다시 버스를
타고 집에 오며 생각했다.

나는, 정신과에
가야겠다고...

28. 두유
여느 날과 같이 아침에
두유 한 팩을 먹던 중,
뱉어내듯, 이야기했다.
나, 정신병원에
가야겠어요.

그 이후는 둑이 터진 듯
말이 쏟아져 나왔다.

나는 식이장애인 것
같다고, 괴롭다고....

부모님은 말없이 듣고는,
한마디만 하셨다.

그것은 믿음이면서

또한 족쇄였다.

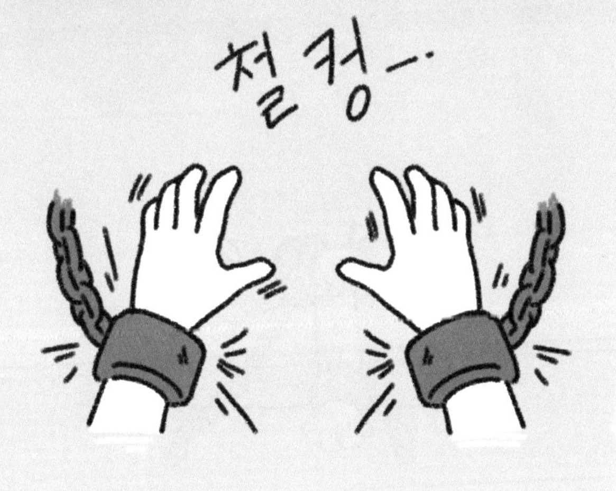

그렇게 간 특목고가
나를 이렇게 만들었어요.
모든 선택의 결과가,
이거라구요!!
나는 더 이상
나를 못믿겠는데!!
엄마 아빠는
어떻게 나를 믿어요?

그렇게 소리치고 싶었지만...
차마 그럴 수 없어
조용히 눈물만 흘렸다.
어찌 되었든 그렇게...
병원에 가게 되었다.
정신과

## 29. 침

그렇게 찾아간 곳은
한 대학병원이었다.

옆에 엄마가 있어
의지가 되었지만,

엄마도 내 옆에서
불안한 티가 역력했다.

모든 절차는 기계적이고
삭막하게 이루어져

나는 사람이 아니라
환자 1이 된 것 같았다.

나는 긴장감에
마른 침만 삼켰고,

꿀꺽-.

침의 맛이 느껴지는
것 같이 생경했다.

몇 가지 검사와
질문 후에 만난

마른 선생님은 내게
입원하라고 말했다.

그 와중에 그 선생님의
가느다란 손목이 부러운 것...

그것이 더 충격이었다.

그렇게 집에 가는 길...

조심스러운 그 말에
울음이 터져나왔다.

그렇게, 첫 병원은
실패로 끝이 났다.

## 30. 비빔밥

어떻게 오셨어요, 라는
질문에 부모님께 했던
이야기를 다시 털어놓았다.

여기 찾아오기까지...
많이 힘들었겠네요.

여기는...
맞는 걸까?

선생님은 조곤조곤히,
식이장애에 대해
설명해 주셨다.

식이장애에 걸리면...
포만 중추가 점점
망가지게되지요.

눈을 감고 비빔밥을 먹는다 치면,

식이장애에 걸린 사람은
본인이 얼마나 먹었는지 느끼지 못해요.

그래서 점점 치료가
어려워지구요...

나는 비빔밥을
생각했다.

비빔밥을 두 숟갈만 먹던 나와
몇 그릇이고 비우던 나...

... 식욕 중추가,
망가졌다고...

...
... 그래서 보통 사람들이
먹는 양을 회복하는 것도
치료에 포함이 됩니다.
그래서
식사치료가
중요한 거구요.

식사치료?
그게 무엇일까?

궁금증을 안고,
상담은 끝났다.

## 31. 돈까스 반인분

식사치료는 세끼 식사와
세끼 간식을 원칙으로 하되, 이 중
일부를 함께 하면서 배부름과
사회 식사를 회복하는 과정이에요.

당분간 제거행동*을
하지 마시고, 하더라도
식사일기에 기록해주세요.

... 나의 제거행동은
운동이었다.

*제거행동 : 구토, 이뇨제 사용, 격한 운동과 같이 섭취한 칼로리를 제거하려는 행동

그러면, 세끼 식사의
양은 절반부터 시작할게요.
점차 한 그릇으로 늘려갈겁니다.

그렇게 돈가스의 절반이
내 앞에 놓여졌다.

그리고 첫 식사가
시작되었다.

처음에 날 호기심 어린
눈으로 쳐다보던 사람들도
곧 각자 식사를 시작했다.

도저히 밥이
넘어가질 않아

도움을 청하듯이
선생님을 바라보았다.

하지만 선생님의
표정은 놀랄 만큼
단호했다.

간신히 먹기 시작했지만,
낯선 사람들과 갑자기
시작한 일반식에

정신이 하나도
없었다.

어쨌든,
그 모든 것이

내 배 속으로
들어갔고 -

나는 엄마와
집에 돌아왔다.

아니, 집에
남겨졌다...

## 32. 바나나맛 우유

"세끼 식사와 세끼 간식을 드시고,
식사일기를 작성해 주세요"

그리고 내가 고른 첫 간식은
바나나맛 우유였다.

마치 어린아이라도 된 양,

쭉-
쭉-

엄마를 앞에 앉혀두고
바나나맛 우유를 마셨다.

우유를 다 마시자,
어디선가 목소리가
들려오는 듯했다.

네가 무슨 짓을
했는지 알아?

바나나맛 우유
210 칼로리...

이미 늦었어.
그냥 더
먹어버려!!

식욕에, 그리고 불안에

몸을 둥글게 웅크렸다.

웅크리고 떠는 내가,

마치 바나나맛 우유
같다고 생각했다.

그런 나에게
다가온 엄마는-
아무 말 없이
꼬옥-
나를 안아주셨다...

엄마의 표정이
보이지는 않았지만,

엄마의 품은 따뜻하고-
약간은 불안했다.

그렇게 둘이 부둥켜 안은 채
시간 위를 흘러가는 것만이

우리가 할 수 있는
유일한 것이었다...

## 33. 항불안제

그랬군요...
그럼 우리,
약을 좀 먹어볼까요.

식욕억제제라면
전혀 소용이 없-
아니,
항불안제입니다.

항불안제?
식욕억제제가 아니라고?

우리 병원은 식욕억제제를 처방하지 않아요.

식욕이 문제가 아니라...
음식을 먹고 지나치게 불안한 게
문제니까요.

나의 식욕이...
문제가 아니라니.

처음으로 들은, 식욕을
긍정하는 그 말에

무언가가 차오르는
느낌이 들었다.
그리고 그때서야
... 확신했다.

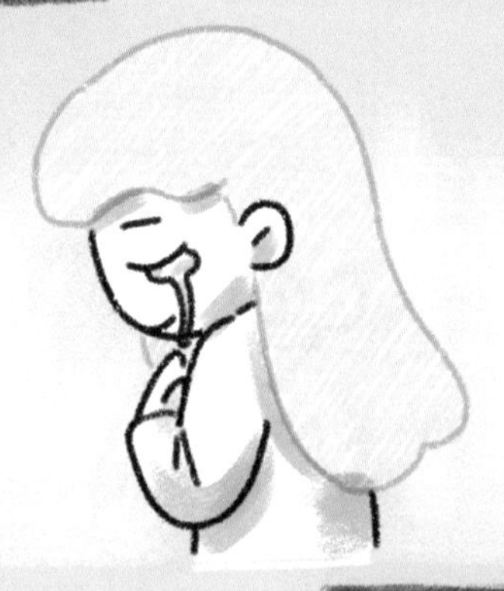

나는, 맞는 곳에
찾아왔구나... 하고.

## 34. 비스킷(1)

우유 다음의 간식으로
비스킷에 도전했다.

폭식을 주로 빵과
과자로 했었기에

두려움과 아쉬움에 다 먹은
봉지에서 눈을 뗄 수 없었다.

남은 과자들이 내게
속삭이는 것 같았다.
더 먹고 싶지?
자제력도 없는 게,
그냥 먹어 버려!!
어차피 넌 돼지야
하하하하
너무 화가 났다. 과자들을
다 으스러뜨리고 싶을 만큼...
다 먹어치우고 싶은 마음이
목 끝까지 올라왔다.

그렇게 과자로
손을 뻗는데 -
엄마가 그 손을
덥석 잡았다.

당황스럽고
부끄러운 마음에,

방해받았단 생각에
불쑥 짜증이 솟았다.

그렇게 쳐다본 엄마의
표정은 굳어 있었고

그제서야 나는
정신이 들었다.
!!
어... 엄마
그게...
엄마는 떨리는 목소리로
내게 말했다...
사예야...

## 35. 비스킷(2)

사예야...

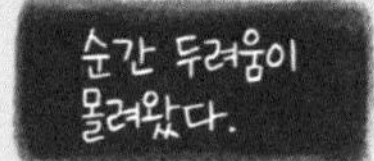


엄마가 무슨
얘기를 꺼낼까?

화를 낼까?
실망하실까?

그리고 엄마가
꺼낸 이야기는...

... 옆집 아줌마
이야기였다.

어이가 없는 만큼, 과자
생각은 나지 않았다.

엄마는 나랑 같이
떨던 그날 이후...

다시는 그렇게
무력하지 않으리라,

단단히 마음
먹은 것 같았다.

그래서 엄마는 나와 음식 사이에
적극적으로 끼어들기 시작했고

나 또한 그 이후로

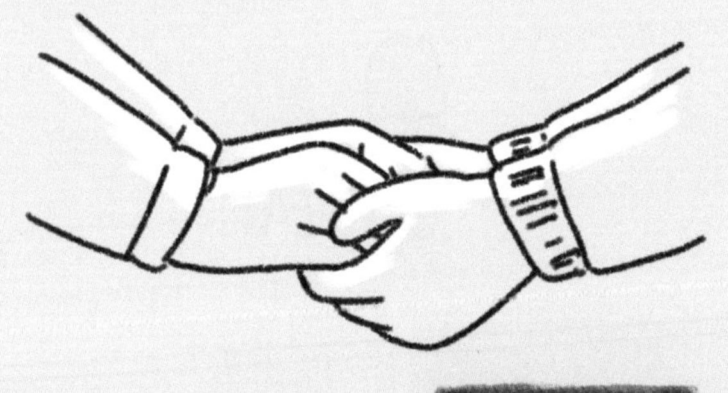

엄마의 손을 잡는 걸
주저하지 않았다.

우리는 간식을 먹고
이야기를 나누거나

같이 산책을 하곤 했다.

함께 시간을 헤쳐나가기
시작한 것이다…

## 36. 물(1)

몸무게를 재는 날은
유독 긴장이 되었다.

몸무게를 재는 건
하나의 의식 같았다.

혹시 무게를 속일까
가운으로 갈아입고,

그나마도 간호사분의
몸수색이 있고 나서야
몸무게를 잴 수 있었다.

... 어라?

몇 년 동안 늘기만 하던
몸무게가, 처음으로 줄었다.

폭식이 줄면 1인분을 먹어도
정상으로 돌아가는 걸까?

나, 여길 믿어도
되는 걸까?

그제서야...
선생님을 믿고

1인분의 식사를
기꺼이 먹었다.

밥 한 그릇을 비우고,
식사 선생님과 조금씩
웃으며 대화를 한다.

그렇게 치료에 탄력을
받는 날들이 쭉 이어질 거라
생각했다.

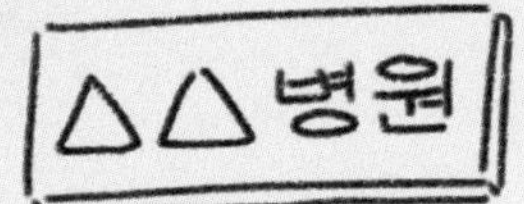

그리고 어느 날 다시
몸무게를 쟀는데...

## 37. 물(2)

몸무게가 0.5 kg
늘어나 있었다.

그러자 초조해지기
시작했다.

왜 찐 걸까?
뭘 잘못해서??

체중을 재기 전에
물을 마셔서 그래.

그렇게 결론 내린 후부터
물에 대한 강박이
시작되었다.

몸무게를 재는 날엔
거의 물을 마시지 않았고,

몸무게를 재기 전에는
화장실에 가고 싶지 않아도
화장실을 다녀왔다.

그러다 어느 날, 어떤 생각이
머리를 스치고 지나갔다.

나는 정말, 식이장애가
낫고 싶은 걸까?

치료를 받고 싶은 게 아니라,
살을 빼고 싶은 게 아닐까?

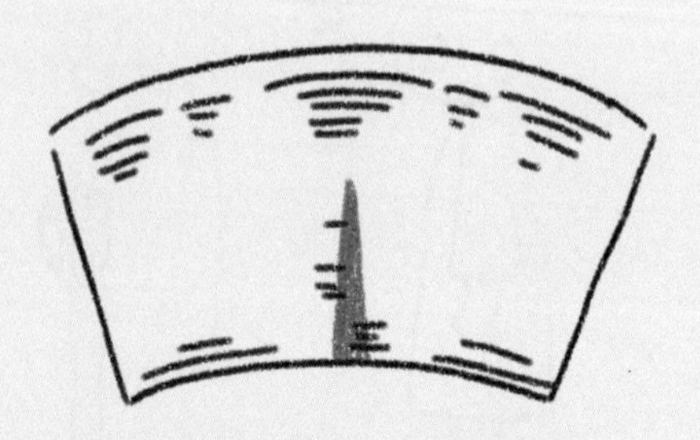

체중을 재고 나와
물을 마시며 생각했다.

나는 아직도 강박에서
벗어나지 못하고 있구나...

## 38. 초코바(1)

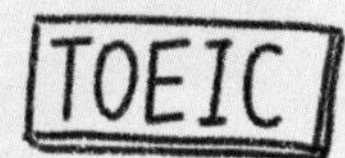

식사치료만으로는 시간이 남아 토익학원에 갔다.

그건 엄마 없이, 혼자 간식을 먹게 되었다는 의미였다.

처음에는 안전한
간식을 먹다가 어느 날,

초코바에 도전했다.

초콜릿을 처음 먹는 양
끝부터 갉아 먹었고

뱉어버리고 싶은 것을
간신히 참았다.

그리고 그 기분을 솔직하게
식사일기에 적었다.

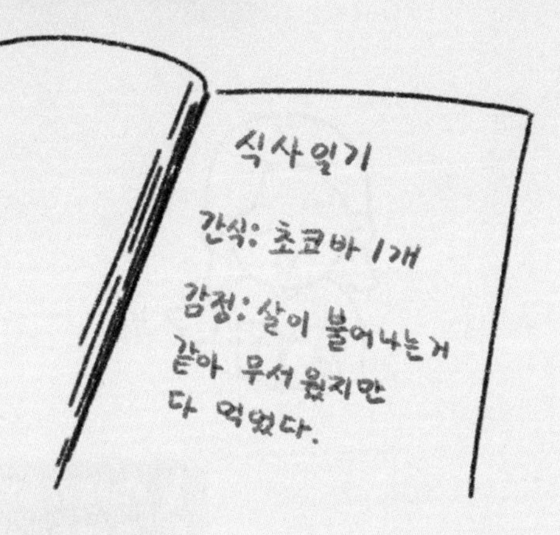


식사 선생님은
그 일기를 보고는,

두려운 마음을 용기내어
말해주어 고맙다고.

잘 이겨냈고, 앞으로도
이렇게 해나가자고.

마침내 인정받은 느낌에
스스로가 대견했고,

조금씩 나아지고 있다는
자신감도 생겼다.

그렇게 용기를 얻은 나는
여러 간식에 도전하며
즐겁게 학원에 다녔고,

(생각해보면 공부보다 간식을 더 열심히 먹은 것같다 ㅆ;)

39. 초코바(2)
그리고 받은 성적표는...
기대했던 것보다는
낮은 점수였다.
평소 같으면 스스로에게
마구 화를 내거나
실망했을 텐데
그것밖에
못해?
실망이다,
진짜...

그 대신 스스로에게
이렇게 말해보았다.

스스로를 다독이는
나의 모습이 낯설었다.

나... 조금은 스스로에게
너그러워진 걸까?

저기 있잖아,
식이장애도 그래.

아직도 종종
폭식을 하지만...

식사치료 가서도
열심히 하고 있고,

얼마 전엔 격려도
받았잖아?

그러니까, 아주
만족스럽진 않더라도…

… 그래도,
괜찮다고 얘기해줘.

더디더라도
너는 노력했다고.

... 그러니, 괜찮지
않더라도 괜찮다고.

스스로에게 그렇게
말해줄 수 있는 날이
오기를, 진심으로 바랐다.

## 40. 돈까스 1인분

어느덧, 마지막 식사치료 시간이 찾아왔다.

나는 우등생은 아니었지만 꽤나 성실한 학생이었다.

그 말은 어느덧
1인분에 익숙해졌고,

같이 먹는 식사에
익숙해졌다는 뜻이었다.

처음에는 딱딱한 표정이었지만
점차 잘 웃게 된 언니와

볼살이 뽀얗게 올라오기 시작한,
내 동생과 이름이 똑같던 아이.

마지막 시간이라니
아쉬워 하는 모습에
약간 울컥했다.

이 짧은 기간, 그래도
식사로 이어진 정을 담아

이들도 행복하기를…
기도했다.

선생님은…
악수를 청했다.

포옹이 아니라 악수라니,
마지막까지 선생님다웠다.

이제, 다시 학교로
돌아갈 시간이었다.

복학
신청서

나... 혼자서도
잘 할 수 있겠지?

## 의외로 몸의 문제

저는 제가 나름 똑똑하다고 생각했고, 식이장애라는 것을 처음 깨달았을 때도 책을 읽고 공부하면 식이장애를 제어할 수 있을 것이라고 생각했습니다. 책들이 말하듯 식이장애를 불러오는 마음속의 진짜 원인을 찾고 자아나 내면아이를 위로해주면 괜찮을 거라고. 마치 영화처럼, 주인공이 스스로 마음의 문제를 깨닫고 나면 모든 게 해결되듯 저도 그러리라 생각했습니다. 그렇게 저는 식이장애를 제어할 수 있을 거란 환상에 빠진 채 많은 시간을 보냈습니다.

하지만 깊이 숨어 있던 사랑받고 싶은 마음과 인정받고 싶은 마음을 분명히 받아들였다고 생각했는데도 음식에 대한 집착과 폭식증은 여전하고 식이장애는 점점 심해졌습니다. 병원을 찾을 때까지는요.

물론 마음을 들여다보는 일은 매우 중요합니다. 하지만 마음속 문제에만 집중한 나머지, 몸에 밴 습관은 방치하고 있지 않은지 돌아볼 필요도 있습니다. 몸의 습관은 때로 마음이나 의지보다 훨씬 강하게 우리의 행동을 제어합니다. 식이장애는 더욱 그렇습니다. 식사시간은 매일 돌아오며 몇 번의 잘못된 섭식 행동으로 쉽게 강화되기에 점점 고치기 어려운 습관으로 자리잡게 됩니다.

결국 스스로가 왜 식이장애를 겪는지 알아낸다고 해도, 그 뒤에 스스로를 위로해주고 이제 괜찮다고 생각해도 몸은 계속해서 식이장애 증상을 보이게 되지요. 그렇게 되면 '이제 내가 가진 상처에서 벗어났는데 계속 왜 이러지'라고 생각하게 되고 뜻대로 되지 않는 상황에 더욱 절망하게 되며, 스스로를 믿게 되지 못하게 됩니다.

때로는 우리의 마음보다도 몸을 더 잘 다루어야 할 때가 있습니다. 마음처럼 따라오지 못하는 몸에 화를 내지 마세요. 내면의 어린아이를 다루듯 몸도 따뜻하고 다정하게 다루어주세요. 세 끼의 규칙적인 식사와 간식을 먹어주세요. 조금씩 정상식의 습관을 들여야 합니다. 너무 식상하게 느껴지더라도 그게 맞습니다.

몸과 마음은 끈끈히 연결되어 있는 하나의 '나'라는 사실을 잊지 마세요.

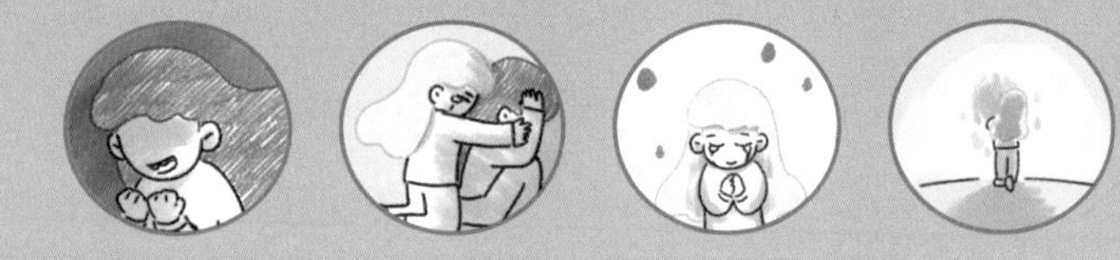

# Chapter 4
# 완치

## 41. 요거트와 식빵

학교에 돌아와, 규칙을 지키는 날들이 이어졌다.

매일 밤 9시,

얼린 요거트를 꺼내 먹으며 뿌듯해했다.

그게 '치료'니까.
'규칙' 이니까.

이걸 먹는 건
'죄'가 아니니까.

그 몇 년 동안 처음으로,
음식이 괴로움이 아니라
행복으로 느껴졌으며...

뭐든 해낼 수
있을 것만 같았다.

하지만... 그런 날은
길게 이어지지 않았고,
다시 폭식이
시작되었다.

모든 것이 끝난 뒤,
울면서 필사적으로 생각했다.

아니, 나는 분명
치료를 받았잖아.
그런데,
그런데...

그런데... 이게
끝이 아니었다고?

## 42. 삼각김밥과 햄버거

그 이후로, 나의 규칙은
조금씩 어긋나기 시작했다.

정상식을 보면 다시
겁을 내기 시작했고,

대신에... 삼각김밥을
식사로 먹었다.

그러면서 나는
밥을 먹고 있다고,
스스로를 위로했다.

학교 생활도 그랬다.
과 사람들과 친해지려
노력한다고 하면서도,
막상 어느 이상으로
다가오지는 못하게
밀어내곤 했다.

같이 점심
먹을래?

아, 나 속이
좀 안좋아서...

특히 누군가 같이
식사를 하자는 걸
가능한 거절했고,

그리고는 의식을 치르듯,
혼자 구석에서
삼각김밥을 먹었다.

하지만 사실은...

사람들이랑 같이
햄버거를 먹고 싶었어.

그렇게 조용히, 조용히
바라보기만 하는 날들이
천천히 지나갔다...

## 43. 박카스(1)

여기가 새로운
과 건물...
N25
산업디자인학과
복학하면서,
산업디자인학과로
전과를 했다.
디자인과의 명성답게
과제는 항상 많았고,
과제
미술 전공이 아닌
내게는 늘 벅찼지만...

그래도 좀 더
잘하고픈 욕심에

박카스를 마시며
밤을 지새우곤 했다.

하지만 과제를 하려
흰 도화지를 펼치면...

텅 빈 도화지가
내 배 속인 것마냥
배가 고파왔다.
...고파
배가 고파.
배가
고프다고!!
그러나 곧 깨달았다.
그건 배고픔이 아니라
나의 불안임을.
...잘하고파...
...고파
과연 잘
해낼 수
있을까?
배가
고프다고!!
배가 고파.
불안해...

그래서...
괜찮아...
처음으로, 무언가
먹는 대신에
선을 그려보았다.

정신을 차려보니
종이는 차 있었고,

내 마음 또한
잔잔했다...

그제야 깨달았다.

불안감은 폭식이 아니라
행동으로 잠재워야 함을.

## 44. 박카스(2)

시험은 시험 전까지
계속 불안했지만
시험… 망하면
어쩌지…
과제는 조금씩 움직여,
불안을 잊을 수 있었다.
일단 여기를
이렇게
해보자…

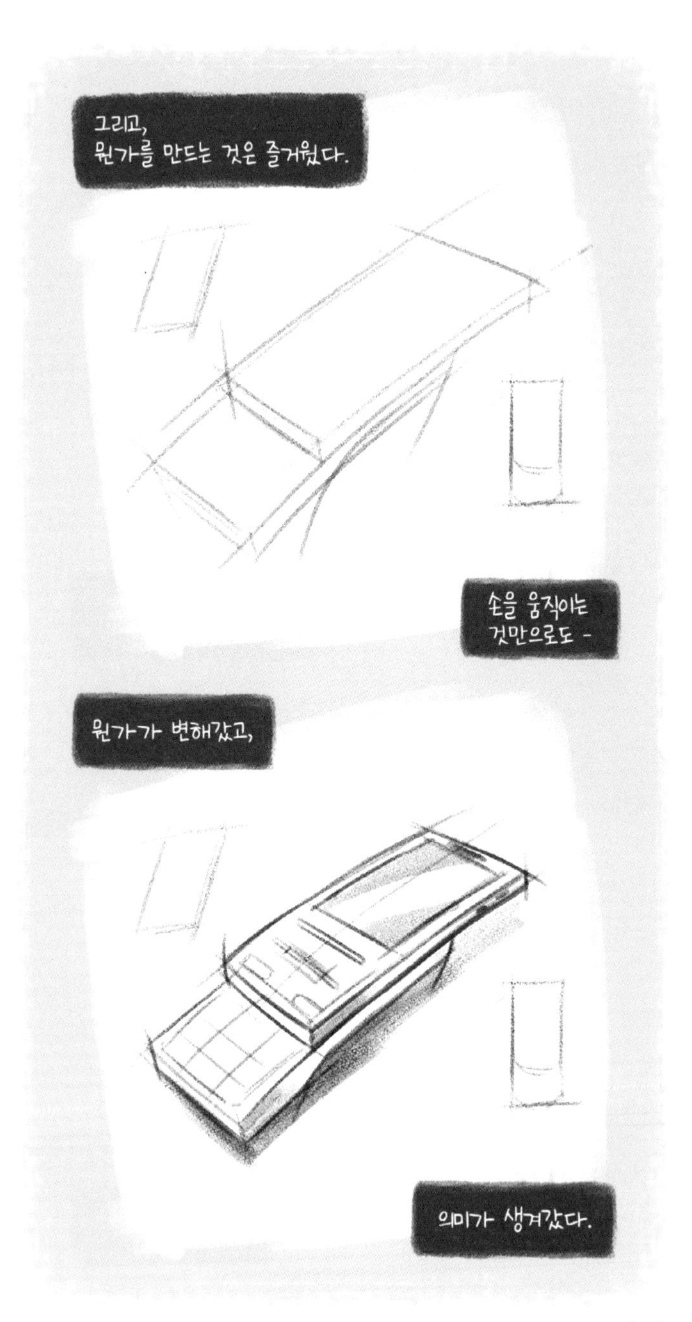
그리고,
뭔가를 만드는 것은 즐거웠다.
손을 움직이는
것만으로도 -
뭔가가 변해갔고,
의미가 생겨갔다.

그럴 때면 나의 존재가
처음으로 긍정과 부정이 아닌

그저 '존재함'으로
느껴져서...

조금은 눈물이
날 것만 같았다.
그러던 어느 날-
사예 학생!
?!

## 45. 박카스(3)

나를 부른 것은 당시엔
하늘 같던 교수님이었다.

그래서 그런데~

방학동안 연구를 좀
도와주지 않을래요?

그 순간-

마지막 퍼즐이
맞춰진 느낌이었다.

나의 노력이, 누군가에게
인정 받았다는 느낌.

뚱뚱하든, 날씬하든
상관 없는 '내'가.

나도 필요한 곳이
있다는 깨달음.

그렇게, 나는 스스로를
조금씩 인정해 나갔다.

## 46. 칵테일 '핑크레이디'

어느 날, 언니와 같이
칵테일을 마시러 가서

핑크레이디
칵테일을 주문했다.

칵테일을 만들고
남은 생 노른자를
먹는 언니를 보고는,

생 달걀 노른자는
먹지도 못하면서
부러움을 느꼈다.

저렇게 말랐으니
편하게 먹겠지...

그러다 문득
이런 생각을 했다.

난, 내가 살쪘다고
말하는 게 싫잖아.

저 언니도 말랐다는 말이
싫지 않을까?

말랐다고 함부로 말하는 것,
그것도 폭력이 아닐까?

결국 나도... 나에게 살쪘다고 한 사람과
똑같은 사람이 아닐까?

계란 흰자를 넣은
칵테일은
달고 부드러웠지만
마치 모래를 마시는
것처럼 느껴졌다.
그건 부끄러움과
미안함의 맛이었고,
벌써 취했어?
얼굴이 빨개~
아, 아니요
흐흐
나는 그 이후로
함부로 사람을
평가하지 않았다.

## 47. 샌드위치와 학식(1)

학년이 올라가면서
조별 과제가 늘었고,

더 이상 누군가와
밥을 먹는 것을
피할 수 없었다.

같이 밥을 먹는다는 게
너무나도 불안했지만...

피할 수 없다면
용기를 내야 했다.

그럴 땐 가능하면
쉽게 1인분으로
MENU
MENU
나누어 떨어지는
메뉴를 골랐다.
예를 들자면,
샌드위치 같이
1인분이 매우
명확한 것들.

그런 것들을 먹자면
조금은 안심이 되었다.

때때로, 아직도
1인분에 집착 하는 게
아닐까 싶어서…

…조금은 서글펐지만

... 그래도 누군가와
밥을 먹는다는 자체가
너무나도 감사했고,

잘 하고 있는 거라고,
스스로를 토닥여 줄 수
있게 되었다.

## 48. 샌드위치와 학식(2)

배식구▷
학교 식당에 도전해야
하는 날도 찾아왔다.
레일 위의
음식들을 보며
1200
700
뷔페라는 너스레를
떨곤 했지만...

정작 뭘 고를지 몰라
간신히 친구가 먹는 걸
따라 집곤 했다.

두려워도...
익숙해져야 했다.

음식도, 사람도,
... 모든 선택들도.

여전히
폭식을 하거나
우는 날도
있었지만
항상 할 일은
쌓여 있었고,
시간은 계속
흐르기에...

무너질 것이
아니라면...
...결국 일어날 수
밖에 없었다.

힘을 내는 건
힘이 들고
익숙해지는 건
고통스러웠지만
모두에게 시간은
같게 흐른다는 걸
조금은 위안삼아
묵묵히 하루하루를
살아내었다.

## 49. 짜장면(1)

공식 졸업 사진을
찍은 후에도

어떻게 꾸몄느냐와
상관없이
예쁜 나이,
아름다운 나날들인데...
... 나는 이 나날들을
어떻게 보내고 있나
하는 생각이 들었다.

정신을 차리니
점심시간을 훌쩍
넘긴 시간이었고,

우리 과방에서
뭐 시켜먹자!

좋지,
짜장면?

그래!

콜!

사예야, 너도
짜장면 먹을래?

아, 나는...

나... 이 날들을 어떻게
보내고 싶었지?
나는...

적어도 이렇게
그냥 보내고
싶지는 않아서.

한 발짝 더
나가고 싶어서...

... 그렇게 짜장면이
내 앞에 놓여졌다.

# 50. 짜장면(2)

나도... 이 아이들처럼 되고 싶어.

그럴 수 있을까...?

비장하게
한 입을 먹었고...

겁 낸 것이
무색하게도

아무 일도....
일어나지 않았다.

나는 여전히
- 나였다.

그제야, 겁을 낸
스스로에게
웃음을 터뜨렸다.

그날…

한 그릇을 다
비우진 못했지만,

비로소 나는
이 아이들에게
속한 느낌이었다.

그렇다. 이제 나는
괜찮을 것이다…

드디어 〈졸업〉한
느낌이었다.

… 그 모든
것으로부터.

## 51. 돌솥밥(1)

유감스럽게도,
그렇진 않았다.

그리고도 6~7년 후에야,
나는 식이장애에서 벗어났다.

그 시간들은 매우
지루하고도

끝이 보이지 않는
시간들이었다.

하지만 그 과정에서
알게 되었다.

이건 마음의 문제지만
몸과 습관의
문제이기도 하다고...

실패하고,
성공하고,

어느 날은 성공하고,
어느 날은 또 실패하고...

그러다 실패한
횟수보다

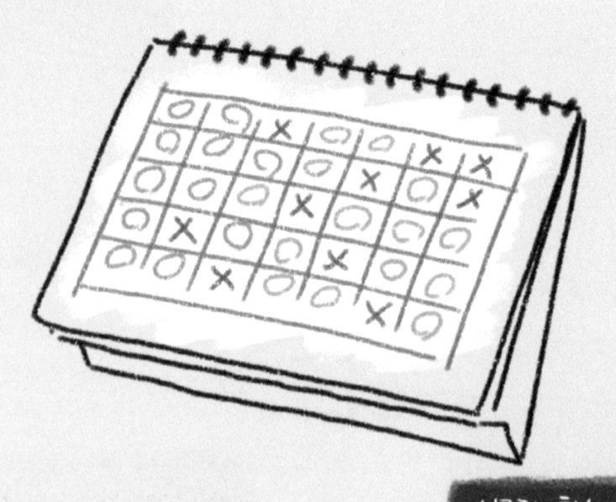

성공한 횟수가
더 많아지고,

성공했는지 실패했는지를
신경 쓰지 않게 되는 것이

진정한 나아짐의
과정이라는 것을.

설사 실수했다 해도...

오늘 먹은 것을 잊고
잠에 빠져드는 것.

아무 일도
없었다는 듯
다음 날 아침을
시작하는 것.

그것이...
극복이었다.

## 52. 돌솥밥(2)

심지어
체중조차도...

원래대로 돌아오진
않았지만...

그럼에도 불구하고
끝난 것을 알았던 건,

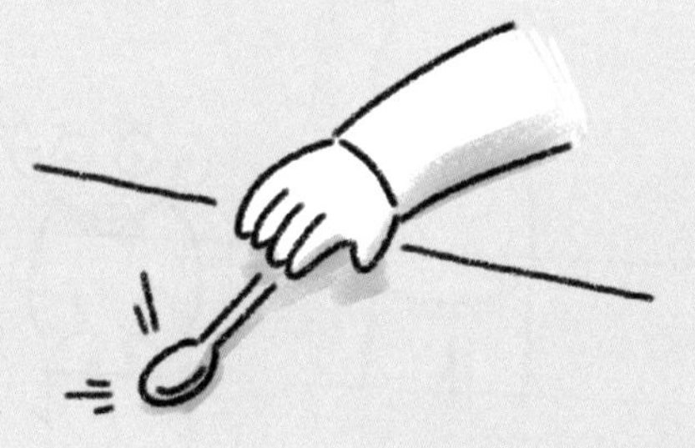

배가 부르다며
숟가락을 놓았을 때.

다시 돌솥밥을
좋아하게 되었을 때.

그런 사소한 걸
깨달았을 때였다.

돌아오지 않은
것도 있었지만

돌아온 것도
있었다.

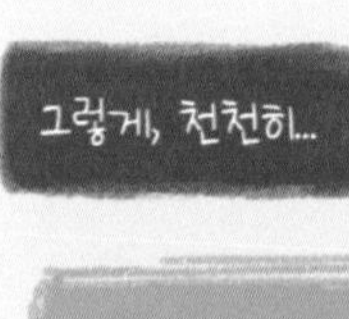

터널의 끝이...

끝이 다가왔다.

수고했어.

## 운과 시간, 그리고 나

저는 운이 좋은 사람이었습니다. 수도권에 살아서 식이장애 전문 병원에 갈 수 있었고 좋은 선생님을 만날 수 있었습니다. 부모님이 저를 전폭적으로 지원해주셨고 집에 병원비를 지원해줄 정도의 경제력도 있었기에 그 모든 것이 가능했습니다. 그렇게 그냥 운이 좋아서 식이장애를 극복했다고 말하는 사람도 있었습니다. 저와 같은 조건이었으면 누구나 식이장애를 이겨낼 수 있겠다고요. 처음 그 말을 들었을 때는 속상했지만 반박할 수 없었습니다.

하지만 조금씩 알게 되었습니다. 제가 운이 좋았던 것은 사실이지만 어찌되었든 그 모든 것을 이겨낸 것은 제 자신이라는 것을요. 치료를 받겠다고 결심한 것도, 꼬박꼬박 통원 치료를 받고 약을 먹고 식사일지를 적은 것은 저 스스로였습니다. 식이장애와 악전고투를

벌이면서도 모든 것을 놓아버리지 않고, 대학에 무사히 진학하고, 장학금을 타고, 하루라도 나아지려고 발버둥쳐서 끝내 나아지게 만든 건 다른 누구도 아닌 저였습니다.

혹자는 시간이 해결해 준 것이라고 했습니다. 하지만 그 말 또한 틀렸다는 것을 지금은 압니다. 그 모든 것을 해결한 건 시간이 아니라 그 시간동안 노력한 저였습니다. 그것을 깨달은 지금, 제가 조금은 대견하고 자랑스럽습니다. 이렇게 조금씩 스스로를 인정해 나가는 거겠지요.

하지만 제가 특별한 것이 아니며, 여러분들도 저와 똑같다는 말씀을 드리고 싶습니다. 이 세상에 저절로 이루어지는 것은 없습니다. 여러분이 지금 이룬 것들도 그저 운이 좋아서, 시간만 있다면 누구나 할 수 있는 일이라서 결실을 맺은 게 아닙니다. 과거부터 한 걸음씩 걸어온 여러분이 이뤄낸 것이고, 여러분이어서 이룰 수 있었다고 생각합니다.

오늘 걸은 한 걸음이 미래의 결과를 가져올 것을 믿으며, 오늘도 한 걸음씩 시간을 헤쳐가고 계신 여러분들께 응원과 격려를 보냅니다.

## 에필로그

사예씨, 입사 때보다
살이 좀 찐 것 같아~

그 말은 또 무심코
마음속에 들어왔다.

코로나 이후
살이 훅 찐 건 사실이었고...

이후 뭔가를 할 때마다,
특히 뭔갈 먹을 때마다

그 말이 머릿속에
맴돌았지만….

이제는, 알고 있다.

음식은 내 적이
아님을.

음식은 나의
힘의 근원임을.
나의 아군임을,
이제는 안다.

그래서...
맛있게 먹었다.
더욱 힘내서,
살았다.

그래도 초조해질 땐
눈을 감고

ZZZ

내가 할 수 있는
일들을 생각했다.

그리고 그 모든 것은...

내가 존재하기 때문에
할 수 있음을 되새겼다.

나는 그런 내가
싫지만은 않고,

지금은 그것으로
충분하다고.

언젠가 나를
사랑하는 날도
올 거라 믿으며,

나는 또
살아간다.

## 마침표_
## 진정으로 나아진다는 것

'힘들었던 과거를 다시 생각하는 게 고통스럽지는 않나요?'

종종 이런 질문을 받습니다. 저는 제가 겪은 우울증과 식이장애를 만화의 형태로 표현했고, 그것은 분명히 과거를 되돌아보는 과정이었습니다. 사실을 말하자면 처음에는 그렇게까지 고통스럽지 않았습니다. 만화를 그려서 인스타그램에 올릴 때만 해도 저는 현실과 과거를 분명히 구분할 수 있었어요. 과거는 과거일 뿐이며 현재에 영향을 미칠 수 없음을 알고, 달려내듯이 빠르게 이야기를 만들어냈으며, 그 과정에서 스스로에게 뿌듯함을 느끼기도 했습니다.

하지만 너무 쉽게 생각했던 탓일까요. 책의 형태로 묶어내겠다고 마음먹으며 이야기가 조금 달리졌습니다. 좀 더 완성도 있는 짜임새를 위해 여러 번 만화를 다시 읽고, 그 사이사이에 들어갈 글을 쓰려고 생각을 깊게, 또 깊게 할수록 제 마음속 깊은 곳까지 파고 들어가게 되었고, 아직도 많은 문제들이 과거 아래에 숨겨져 있음을 알게 되었습니다. 시간이 지나며 잊혀졌을 뿐, 거기에 존재하는 것이 많았죠. 그러자 덜컥 겁이 났습니다.

과거로부터 고개를 돌리지는 않았지만 그때의 제게 너무 연민이나 동정하지 않으려고, 너무 깊게 빠지지는 않으려고 노력하면서 조금씩 알게 되었습니다. 모든 것을 다 풀어내고 해결하는 것이 나아짐을 의미하는 것은 아니라는 것을요. 오히려 어느 정도 잊어버리는 그것 또한 나아짐이며 축복이라는 것을요. 그래서 과거를 전부 끄집어내어 매듭을 짓기보다는, 과거는 있어야 할 자리에 그대로 두고 다시 내일을 살아가는 것, 그것이 진정한 나아짐이라는 생각을 하며 이 책을 마무리하려고 합니다.

이 모든 과정을 겪으며 여기까지 올 수 있었던 것은 그만큼 제가 강해졌다는 뜻이겠지만 주변의 도움이 없었다면 여기까지 오지 못했으리라는 생각이 듭니다. 제가 살이 얼마만큼 찌든 상관없이 저를 사랑해주는 신랑과 고양이, 작업을 함께 해주신 윤성 작가님, 저보다도 더욱 과거를 다시 떠올리기가 힘들었을 텐데 과거의 얘기를 꺼내는데 도움 주신 부모님, 그리고 이 책을 함께 만들어나가주신 편집

자님, 무엇보다도 제 과거의 치부를 들어주시고 용기내어 그려주어

서 고맙다고 말해주시는 독자님들께 감사의 말씀을 전합니다.

사예의 식이장애 일지

# 나는 식이장애 생존자입니다

1판 1쇄 펴낸날 2022년 6월 27일

글쓴이 사예
그린이 윤성

책만듦이 김미정 책꾸밈이 홍규선

펴낸곳 띠움 펴낸이 서채윤
신고 2016년 5월 3일(제2016-35호)
주소 서울시 광진구 자양로 214, 2층(구의동)
대표전화 1811.1488 팩스 02.6442.9442
E-mail book@chaeryun.com Homepage www.chaeryun.com



책값은 뒤표지에 있습니다.
ISBN 979-11-958712-7-8 03810



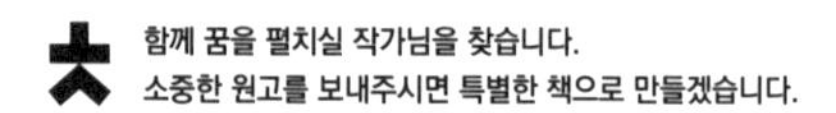


채륜(인문·사회), 채륜서(문학), 띠움(과학·예술)은 함께 자라는 나무입니다.
물과 햇빛이 되어주시면 편하게 쉴 수 있는 그늘을 만들어 드리겠습니다.